¡Los truenos no me asustan!

Escrito por Lynea Bowdish

Ilustrado por John Wallace

Children's Press®

Una División de Scholastic Inc.

Nueva York • Toronto • Londres • Auckland • Sydney
Ciudad de México • Nueva Delhi • Hong Kong
Danbury, Connecticut

Para Princesa
—L. B.

Para Andrew Y Leanne
—J. W.

Especialistas de la lectura
Linda Cornwell
Coordinadora de Calidad Educativa y Desarrollo Profesional
(Asociación de Profesores del Estado de Indiana)

Katharine A. Kane
Especialista de la educación
(Jubilada de la Oficina de Educación del Condado de San Diego,
California y de la Universidad Estatal de San Diego)

Traductora
Jacqueline M. Córdova, Ph.D.
Universidad Estatal de California, Fullerton

Visite a Children's Press® en el Internet a:
http://publishing.grolier.com

Información de publicación de la Biblioteca del Congreso de los EE. UU.
Bowdish, Lynea.
    [Thunder doesn't scare me! Spanish]
    Los truenos no me asustan! / escrito por Lynea Bowdish ; ilustrado por John Wallace.
        p. cm. — (Rookie español)
    Resumen: Cuando los truenos hacen que una niña y su perrita se asusten, ellas
deciden hacer tanto ruido como la tormenta.
    ISBN 0-516-22354-2 (lib. bdg.)   0-516-26210-6 (pbk.)
    [1. Tronada—ficción. 2. Miedo—ficción. 3. Perros—ficción. 4. Ruido—ficción. 5. Libros
en español.] I. Wallace, John, il. II. Título. III. Serie.
PZ73 .B648 2001
[E]—dc21   00-048307

GROLIER
PUBLISHING

Princesa le tiene miedo
a los truenos.

Pero yo no.

Yo ayudo a Princesa
a ser valiente.

A veces los truenos
suenan así ¡TUN!

9

Nos metemos debajo
de mi cama.

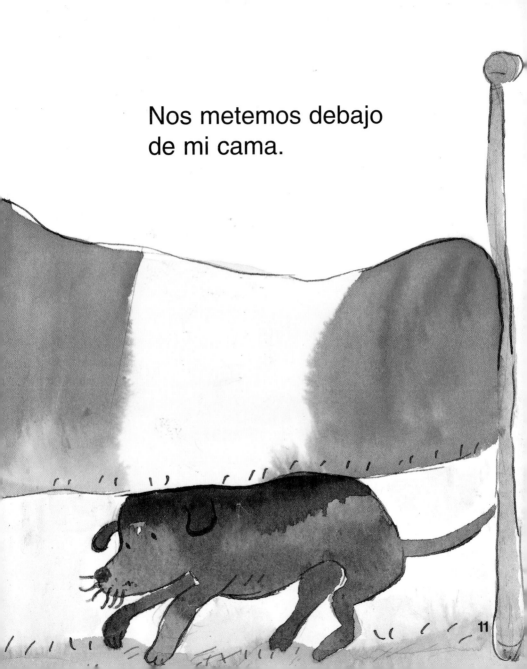

Nos tapamos los oídos.

A veces los truenos suenan así ¡ZAS! ¡PUN!

—La, la, la,— canto yo.
—Auuuuuu,— aulla Princesa.

Hacemos sonidos muy chistosos.
Las dos nos reímos.

A veces los truenos suenan así
¡TUN! ¡ZAS! ¡PUN!

Nos ponemos a desfilar.

Yo golpeo el tambor.
Princesa ladra.

Desfilamos por la casa.

Yo calmo a Princesa
cuando truena.

¡Ser valientes nos divierte!

Lista de palabras (54 palabras)

a	desfilamos	mi	suenan
así	desfilar	miedo	tambor
asustan	divierte	muy	tapamos
aulla	dos	no	tiene
auuuuuu	el	nos	truena
ayudo	golpeo	oídos	truenos
calmo	hacemos	pero	tun
cama	la	ponemos	valiente
canto	ladra	por	valientes
casa	las	Princesa	veces
cuando	le	pun	yo
chistosos	los	reímos	zas
de	me	ser	
debajo	metemos	sonidos	

Sobre la autora

Princesa vive en Hollywood, Maryland con Chipper y una carpa dorada. Lynea Bowdish y su esposo David Roberts también viven allí. Lo que más le gusta a Princesa, además de la comida y la golosina, es ir de paseo con David. También le encanta echar una siesta en la silla cómoda cuando hace sol afuera. El lugar predilecto de Princesa para echar una siesta es la cama grande matrimonial. Cuando se siente enérgica, Princesa ladra. ¡Qué buena es la vida!

Sobre el ilustrador

John Wallace trabaja tiempo completo como escritor e ilustrador de libros para niños. Trabaja en Brighton, Inglaterra, donde vive con su esposa Sarah y sus dos hijos William y Sam.